KB217122

패밀리 사이즈 6

패밀리 사이즈 6

초판 1쇄 발행 2021년 6월 10일

지은이 남지은 글 | 김인호 그림
펴낸이 한승수
펴낸곳 문예춘추사

편집 이상실, 권민성
디자인 심지유
마케팅 박건원

등록번호 제300-1994-16
등록일자 1994년 1월 24일
주소 서울시 마포구 동교로27길 53 지남빌딩 309호
전화 02-338-0084
팩스 02-338-0087
블로그 moonchusa.blog.me
E-mail moonchusa@naver.com

ISBN 978-89-7604-461-7 (04810)
978-89-7604-244-6 (세트)

※책값은 뒤표지에 있습니다.
※잘못된 책은 구입처에서 교환해 드립니다.

여섯 식구 만화가 가족의 일상 속으로!

시즌 2! Family Size

패밀리 사이즈 6

남지은 글 | 김인호 그림

문예춘추사

155 화

접종

혀니와 랄라의 예방 접종 시기가 다가왔다.

뚜! 저번에
독감 주사 맞을 때
도망치고 난리쳐서
부끄러웠지?
응……

다음에 주사 씩씩하게
잘 맞고 나면 뚜가 용감해졌다고
만화로 그려 줄게~!
네엥~면!

그런데 병원에 갔더니 수두 추가 접종이 생겨서,
결국 네 명 모두 접종하게 되었다.

용기를 낸 뚜!

맞기 직전까지 안절부절못하긴 했지만….

약속대로 씩씩하게 끝까지 눈물을 꾹 참은 뚜….

주사 앞에서 용기 내기! 성공~! 예~~

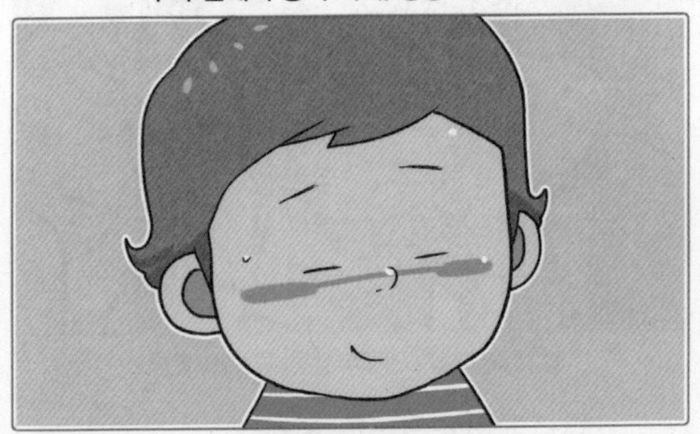

반면… 동생들은…

저번에 잘 맞더니… ㅠ..ㅠ 오늘은 왜 이래~~

겨울 대비

애들이 망가뜨리기 때문에 한철밖에 못 쓰는 방한 텐트.

겨울마다 신세지는 고마운 존재라 올해도 하나 장만했는데….

소리는 나는데 이불 위에도 이불 속에도 없고…

사라진 랄라?!

그렇다! 방한 텐트는 바닥이 뚫려 있다는 사실~! ㅋㅋ
텐트 바닥 구멍을 조심하세요! 아이가 사라집니다~! ㅎㅎ

수학 문제집을 다 풀고 나서 엄마에게 건네준 션과 뚜!

엄마가 평가하기 전에 꼭 자기들이 먼저
평가해서 주는 버릇이 있다~ㅎㅎ

해답지

수학 문제 앞에 서면 이상하게(?) 약해지는 엄마!
자꾸 해답지에 집착하는 버릇이… ^^;;

선택

아이들이 착한 일을 선택하는 것에는
세 가지 기준이 있다고 한다.

첫째, 혼날까 봐 무서워서….

둘째, 이익을 바라기 때문에….

셋째, 옳은 일이기 때문에….

엄마, 아빠
많이 피곤하신가 봐….
우리가 논 건 우리가
다 치우자~!

어릴 때는 엄마 아빠가
선택해서 결정해 주면 그만이지만
아이들이 크면 나중엔 스스로
알아서 선택해야 하잖아~.
매가 무서워서도 아니고,
이익을 바라기 때문도 아니고….

부모님의 칭찬 한마디가 아이들에게도 큰 기쁨이 되니….
'옳은 선택'은 서로서로에게 좋은 일이 된답니다. ^^

말처럼 쉽게 되는 게 아니라는 게… 참 안타깝… ^^;;

아이들이, 작은 것이라도 스스로 옳은 일을 선택했을 때!
놓치지 마시고, 꼭 칭찬해 주세요~.

우리 아이들이 '올바른 선택과 결정'을 내리는 사람으로
자라려면 부모의 격려가 꼭 필요하니까요…. ^^

156 화

같이 걷자

꽉 찬 14개월 랄라.

작은 걸림돌 하나만 있어도 어쩔 줄 몰라 낑낑대지만…

뛰어넘을 날도 머지않은 듯! ^^

랄라 손잡고 걷는 모습을 볼 때마다…

생각나는 오빠들의 어릴 때 모습….

하나같이, 저 혼자 걷겠다고…

손을 뿌리치던 아들들…^^;;

오늘도 랄라는 열심히 걷습니다~ㅎㅎ

아아~
휙

알았어! 알았어! 너 혼자 먹어.

막내라 오빠들 모습 보고 배워서 빠른 건지….

혼자서도 제법 잘 먹는 랄라 양.

혼자 먹을 때마다

엄청난 효과음을 내면서 드시는 따님~ㅎㅎ

주세요

지금이 바로…

"주세요"를 가르쳐 줄 타이밍!

동생이 "주세요~"를 하는 게 싫은 오빠….
(네 맘 다 안다 ^^;;)

양보

엄마…. 랄라가
"주세요" 해도 난 주기
싫은데….
네가 아기 때 장난감 달라고
"주세요~" 하면
그때 형아들이 다 빌려줬어.

랄라가 서너 살이 되면
말할 수 있으니까 그땐 엄마가
랄라한테도 양보하는 거
가르쳐 줄 거야.
그때까지만
잘 빌려주자.
알겠지?
끄덕
끄덕

오빠
주세요~

척

?!!
후다닥

히히~
콕콕

양보 많이 해 본 형님들의 노하우 전수.

억지 양보를 강요할 수 없을 땐,
엄마가 적극 나서서 화제 전환을 해주면 됩니다. ^^

157 화

새 운동화

뚜의 운동화! 물려받은 걸 한참 신었더니 너덜너덜.

자연스레 세일 상품을 고른 엄마.

아들 마음 제대로 읽은 아빠.

그래! 오랜만인데 큰맘 먹고 세일 안 하는 제품 선택!

늘 물려 입고 물려 신다가 오랜만에 새 신발이 생기니
기분이 묘하다는 뜨….

이래서 가끔은 새 신발, 새 옷을 사줘야 하나 보다.

그런데 잠시 후

다음 날

며칠 후

전시하려고 샀나? ㅠ..ㅠ 계속 모셔 두기만 한 새 운동화.

사실은 자기도 깜빡하고 계속 헌 신발을 신었던 거였다.

무거워

화장실 문 꼭 잘 닫으라고 그렇게 말해 줘도
자주 깜빡하는 막내오빠!

아기가 지저분한 걸 만지기 전에 큰오빠들 출동!

이래저래 막내를 자주 들고 안게 되는 오빠들.
기어이 해서는 안 되는 말을 하고야 말았다는….

랄라는 지금 15개월, 14kg

말귀

종이 뭉치를 갖고 놀길래

한번 버리라고 시켜 봤더니

쓰레기통에 쏙!

손에 잔뜩 뭐가 묻었길래

손 닦자고 했더니…

벌떡 일어나서 화장실 앞으로!

오빠 점퍼를 입혀 달라기에 꺼내 주니
척 하고 뒤돌아 옷 입을 준비하는 랄라 양!

진짜 말귀 다 알아듣는다! ^^

그런데 왜…

입혀달래 놓고… 왜 우는 건데? ^^;;

갇힌 거 아니거든~ ^^;;

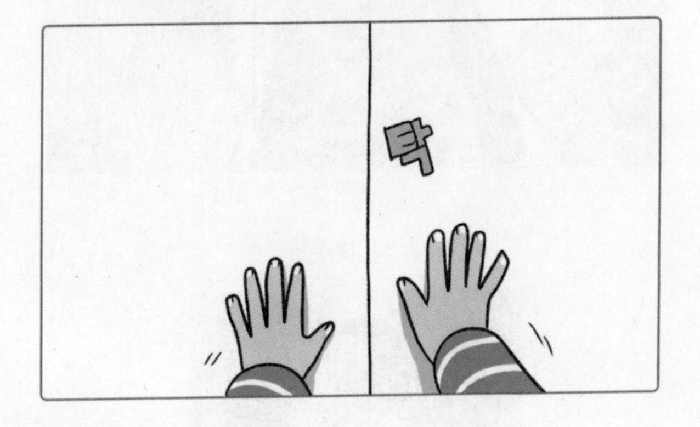
탁

운동화 편 에피소드를 보시고
어떤 분이 제게 신발은 물려주는 거 아니라고 말씀해 주셨어요~
닳아 있는 정도가 달라서 걸음걸이에 영향을 줄 수 있다는
염려의 말씀이었던 것 같아요.
하지만 한철밖에 못 신고 버리자니 신발이 너무 아까워서
신발의 상태를 봐 가면서, 물려줄 수 있는 건 물려주었어요~
그런데 아이들이 커 갈수록,
한철 지나면 신발이 낡아서 떨어져버리더라고요.
자연스럽게 물려줄 수 없는 상태가 되어버렸죠~^^ 하하….

새것을 좋아하는 아이들…
하지만 늘 새 물건을 사 주기는 어렵지요~!

언젠가 아이들과 '감사' 성품을 공부할 때
감사를 실천하기 위한 행동지침 중에
"내가 가지고 있는 물건을 소중히 여기겠다!"라는 내용이 있었어요.

내게 이 물건을 주신 분에 대한 감사,
이 물건으로 인해 도움받고 있는 것에 대한 감사,
그리고 내가 깨끗하게 소중히 사용한 물건은
필요 없어졌을 때 다른 사람에게 물려줄 수가 있으니
또 다른 감사로 이어질 수 있다는 내용이었어요~!

물건을 다룰 때마다, 이 말씀이 생각난답니다.
우리 모두, 내게 있는 것들을 소중히, 감사히 여기는 마음!
잊지 않기로 해요~!

진짜? 가짜?

며칠 후

뭐가 진짜고 뭐가 가짜인지
대화가 길어질수록 헷갈리고 헷갈려 했다는…. ^^;;

매운 음식 먹어서 후식으로 사탕 하나씩.

웬일로 제일 늦게 먹은 션.

수시로 형의 식사 시간을 체크한 뚜.

형이랑 같이 먹으려고 한참을 기다린 뚜. 그런데!

손에 오래 쥐고 있어서 끈적해진 사탕이 잘 안 떨어짐!

뭘 이런 것까지 형이랑 같이 하려고 하는지…. ^^;

잠시 후

뭐든 형이랑 같이 하고 싶은 '형바라기' 뚜.

그날 형바라기의 끝판왕을 보았다는…. ^^;;
(뚜의 사탕 깨무는 소리가 아직도 생생~)

한입만

먹을 거 달라고 하면…

그냥 주지, 꼭 한입 베어 물고 준다.

과자도 꼭 한입 베어 물고 주고….

누구 닮아 그런가 싶었는데….

또 엄마인가? ㅠ..ㅠ
(엄마의 고칠 버릇이 한둘이 아님을 또 깨달았다는… ^^;;)

치마

원피스에 레깅스 조합을 즐겨 입는 랄라 양.

오늘은 원피스 말고
그냥 치마를 입혀 보았다.

그랬더니…

안 되겠다!
(우리 딸은 계속 원피스만 즐겨 입는 걸로~ ^^;;)

운동

우리 집엔 팔굽혀펴기를
정말 완벽히 소화하는 남자가 하나 있는데….

바로 뚜다!

정자세로 일곱 살치고 정말 잘하는 뚜!

열 개는 기본! 스무 개까지도 해내는 뚜!

션과 혀니도 도전해 보지만 자세가 영….

일 년 동안 꾸준히 운동해 온 뚜는 못 따라온다는….

운동이 정말 재밌다는 뚜. ^^

그런 오빠를 보며 따라하는 동생이 있었으니…

내년엔 우리 집에 팔굽혀펴기를 완벽히 소화하는
여자도 하나 나오려나? ^^

산타

문화센터 신체놀이 수업을 시작한 혀니.

같이 활동하는 친구들은 세 살, 네 살 동생들이 대부분.
성탄절이 다가오고
선생님이 산타 복장을 하시고 선물을 나눠 주시자….

그래, 산타 선생님이셔. ㅠ..ㅠ
(네 살까진 속아준 것 같은데… 하핫.)

남자들

오랜만에 이모 집 방문. 팔 남매가 뭉쳤다.

4학년 제일 큰형이 새로운 장난감을 꺼냈는데….

작동시키기 어려운 거라 큰형들만 하기로 했다.

모두의 시선이 집중된 가운데…

몇 번을 다시 해도…

자기를 공격(?)하는 헬기….

그렇게 큰형의 위엄은 사라져버렸다.

낮잠 후

언니네 부부가 아이들을 부탁해서 갔던 건데…

아이들 보는 동안 낮잠만 잔 남편!

자고 일어나면 꼭 하는 저 멘트….
(코 골면서 잘 자는 거 다 봤거든요. ^^;)

놀이

오랜만에 뭉친 칠 형제의 욕구 충족을 위해 고심하는 이모부.

네 명씩 이모부팀과 주호팀으로 나눠 전략놀이(?)를 하기로~!

수십 개의 딱지를 던지며
그렇게 한참을 노신 여덟 명의 남자들.

이모부가 우리 집 큰아들임을 다시 한 번 확인하는 순간이었다.
(우리 집은 사남일녀인 듯… ^^;;)

자격

가끔 동생들이 형과 맞먹으려고 할 때가 있다.

장난이라 해도 안 되는 건, 안 되는 법! 확실히 일러 주었는데….

다음 날.

알겠어요! 형….
여기 있어요~
형….
뭐야? 너네
호칭이 왜 그래?

아~ 제가
동생하기로 했어요.
왜??

동생이 동생 자격이 없다고 자기가 동생을 자처하다니…
방법 참 특이하다… ^^;;

사이는 어째 더 좋아 보이네….
(설마 덤앤더머 형제는 아니겠지? ^^;;)

사과를 깎고 나서…

사과의 남은 몸통(?)을 먹으며…

스스로 모성애를 느끼는 엄마.

몸통을 다 먹고 난 후, 사과 한 조각을 집어 들었는데….

'맛없는 걸 내가 골라서 다행이다~!' ^^

사소한 모성애를 느끼며 스스로 기특해 하는 엄마.
(기분 꽤 괜찮다는… ^^)

늦게 오면 없다고 전해라~ 새거 하나 다시 깎아 준다 전해라~.
(하아… 역시 난 좋은 아내야… ㅎㅎㅎ)

요즘은 헤어스타일을 바꿀 때

이게 제일 고민… ^^; ㅋㅋㅋ

고민 해결!

펑

불신

그렇게 한참 전부터 확인에 확인을 거듭하더니….

2016년 1월 1일이 되자…

'이웃집 세 살은 말 잘하던데…' 갸웃~ 하는 혀니… ^^;;

그토록 기다린 여섯 살이건만…! 많이 허무해 보이는 셋째아들….
(무슨 큰일이라도 벌어지는 줄 알았나 보다~)

새 나이…
6개월쯤 지나야 적응하려나? ^^
(엄마도 그렇긴 해~ ㅎㅎㅎ)

깨달음

이층 방에서 잠을 자기 때문에…

랄라가 혼자 밖으로 나가지 않게 늘 신경 쓰는 엄마~!

그런데 세 살이 된 랄라 양.

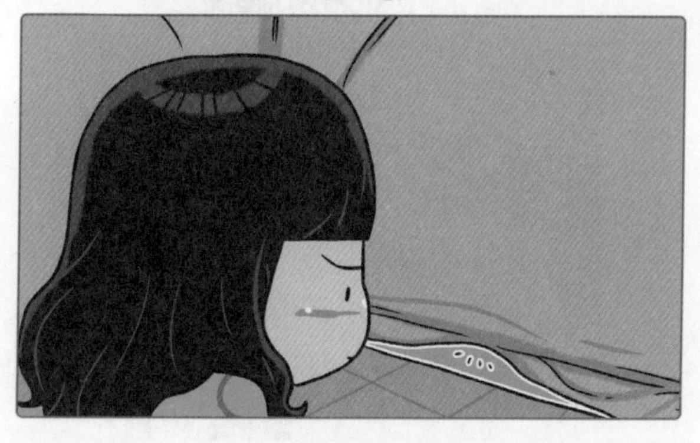

한 가지 깨달은 사실이 있었으니….

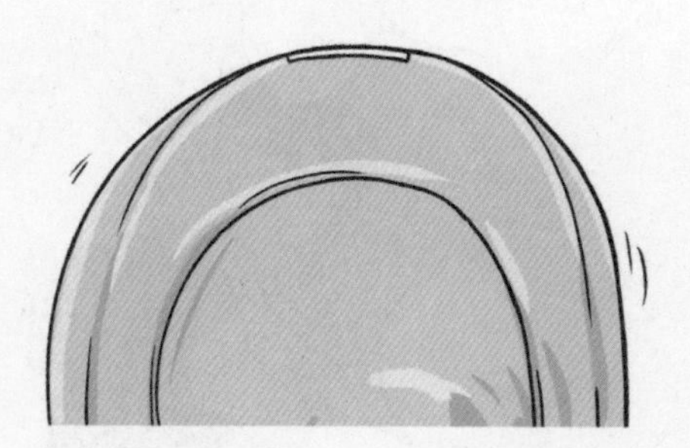

바로 텐트 바닥이 뚫려 있다는 것!
(나가지 마~ 딸~ 좀만 더 자자… ㅠ..ㅠ)

딸이 말하는 "옹옹" 하나로
모든 걸 알아차려야 하는데…

최근 "옹옹" 외에 새롭게 익힌 단어가 있었으니….

바로 "물!"이다! ^^

"무우" 말하기 시작하면서 자주 물을 찾는 랄라 양~
(요즘 수분 섭취가 엄청나시다 ^^;)

수분 섭취가 늘어서 그런가? 쉬도 많이 하는 랄라 양….

일어나기 귀찮아서 소파에 앉은 채로 기저귀를 뜯었는데…

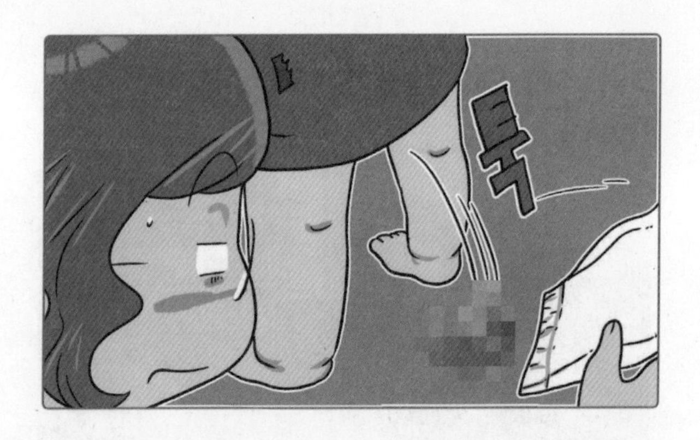

기저귀 갈 때는 잘 살펴보자!
가끔 작은 응가들이 사각지대에 숨어 있을 수 있으니까….

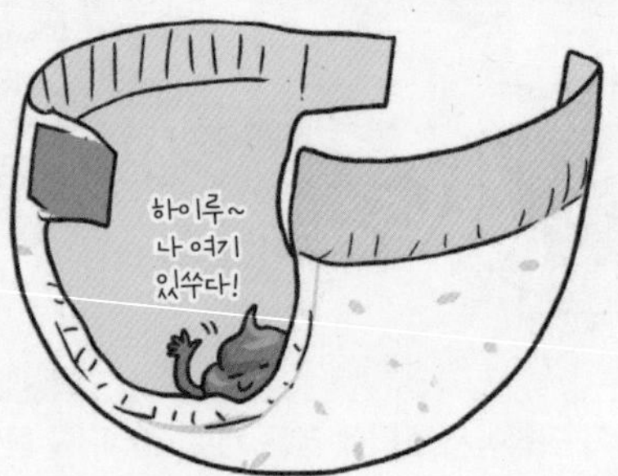

아기가 잘 안 먹으면… 속상한 엄마.

몇 끼를 제대로 안 먹길래 화가 나서 한마디 했더니…

역성드는 아빠 품에 안겨 바로 울음 터뜨리는 따님.

그리고 엄마는 처음으로 보았다네.

아빠 품에 안겨서 엄마한테 레이저 쏘는 따님을… ㅠ..ㅠ

샤라랄라~

어렸을 때는 '시간이 왜 이렇게 천천히 흐르나….'
'빨리 어른이 되고 싶은데, 나는 언제 어른이 되나….' 생각했었는데

어른이 된 후에, 특히 아이들을 키우면서는
'시간이 왜 이리 빨리 지나가지?'라는 생각을 자주 하게 됩니다.

그리고 가끔은
제가 겪은 세월을 모두 살아내신 부모님을 생각하게 됩니다.

저희 어머니는 두 딸을 시집보내고 운동을 시작하셨어요.
수영, 자전거, 등산, 인라인스케이트 등….
매일 성실히 열심히 운동을 하셨어요.
그 덕분에 지금 저희 가족 중에서 가장 튼튼하시고 건강하시답니다.

어머니가 그렇게 열심히 운동하시는 이유는
본인의 건강 문제로 자식들에게 피해를 주는 일이
생기지 않게 하기 위함이라고 하시네요….

자녀를 키우면서, 부모님의 마음을 알아가게 되는 것 같습니다.

그래서 요즘 저도 운동을 시작했어요~!
근력을 키워서 자녀들에게 더 건강한 엄마가 되고 싶다는
생각이 들었거든요.

여러분들도, 늘 건강하시고!
계속해서 건강한 삶을 사시길 바랄게요!!
파이팅! ^^

면봉

한자리에서 너무 조용하면 불안~ 불안~

면봉을 다 쏟아서 놀고 있었음.

잠시 후

다 치운다고 치웠는데 어느새 한 개를…

아니 두 개를….

항상 양손을 확인하자~! ^^;

동영상

랄라가 떼를 부릴 때, 보여 주는 동영상이 하나 있는데…

바로 이 년 전, 셋째오빠의 춤추는 동영상!

흥겨운 음악소리 때문인지 집중해서 보는 랄라….

그런데…

이 년 전 의상과 똑같은 모습에 빵~ ^^

똑같은 옷 입은 기념으로

음악 감상

언제 오디오 켜는 법까지 배웠는지…

우리 딸… 이런 우아한 취미가 있을 줄이야… ^^

먼지

창고에 쌓아 뒀던 장난감을 꺼낸 아빠.

벌레 잘 못 보는 건 여전하신 남편~ ㅠ..ㅠ

여섯 살의 자신감

아직 화장실 뒤처리를 해 줘야 하는 셋째.

여섯 살이 되어 뒤처리 방법을 가르쳐 줬다.

뒤처리 혼자하기 성공 후 자신감 급상승!

아~ 뿌듯하다!

여섯 살 되어 올린 쾌거를 만나는 사람마다 자랑~

"션, 뚜! 상 치우는 것 좀 도와주렴~" 하는 소리에
한걸음에 달려온 혀니!

지난주엔 여섯 살 아닌 것 같다더니…
한 주 만에 새 나이 완벽 적응했네! ^^

학창 시절, 가방 검사할 때

'이런 걸 왜 하나…' 싶었는데….

아들들이 가방 들고 다니는 걸 보니

뭐가 들었나 엄청 궁금해진 아빠….

부서진 장난감부터 지우개, 종, 카드, 휴지.
이쑤시개에 종이 붙여 만든 장난감, 또 먼지 등이 나왔다고… ^^;

얘들아~ 쓰레기는 쓰레기통에 버리자… ^^;;

벌칙

뚜! 해맑은 표정으로, 잘도 그런 말을…!! ㅠ..ㅠ

요리 좋아하는 남편을 위해 주방을 내어주고
설거지만 죽어라고 하고 있었는데….

감히 '엄마가 해 준 요리 먹기'를 벌칙으로 내세운…
특히나 입맛이 까다로운 뚜! 너의 마음을 되돌리고야 말겠어!

예~~!! 이제 엄마 요리도 인정해 주려나 했더니….

뚜… 너 왜 그래~ 진짜~~ ㅠ..ㅠ

쓰레기통

멀쩡한 물건들이 휴지통에 버려지고 있음을 발견!
범인은 바로 랄라 양~!

쓰레기통 열고 닫는 데 재미를 붙이신 따님… ㅠ..ㅠ
아빠! 휴지통 비울 때 잘 살펴봐 주세요~ ^^;

사과를 주면 씹어 삼키거나 뱉거나~ 둘 중 하나인 랄라 양!

어느 날은 사과를 주니 먹지는 않고, 장난만 쳤는데….

몇 개를 다시 줘도 똑같은 상황.

랄라가 한참 가지고 논 사과를 버리려고 하는 순간…

딱 봐도 새카맣게 먼지 탄 사과를… 아빠는 왜 그랬을까?

(누가 딸바보 아니랄까 봐… 푸하하~ ^^;)

변명

나의 대답은 늘 똑같았다.

남편이 그 이야기를 꺼내기 전까지는….

아… 아침부터 먹은 걸 하나하나 떠올리다가…
이내 무너져버린 나의 마음이여~
ㅠ..ㅠ

운동

운동을 하고 싶어도…

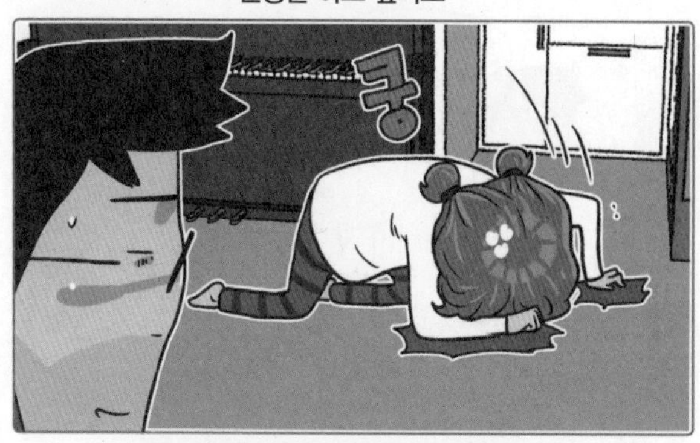

운동을 할 힘이 없어서 슬픈 엄마… ㅠ..ㅠ

정리

오랜만에 대대적인 집 청소

쟁여둔 물건… 어째, 잘 버리지 못하는 엄마… ^^;

낡은 물건 못 버리는 건, 애들도 마찬가지였다는… ^^;;
(엄마 닮았음~ ㅎㅎ)

처분

짐 정리하다 보니…
쓰다 만 다이어리, 노트들이 왜 이렇게 많은지….

후훗~ 이렇게 처분할 수가 있었군! ^^

콘티 짤 때 쓰던 태블릿 노트북을 내게 준 남편.

휴~ 다행이다… ㅎㅎ

(어째… 나한테 처분한 것 같은 냄새가…)

저는 요리와는 아무 관계가 없는 25년의 세월을 살았어요.
그러다 '아내'가 되고, '엄마'가 되면서
요리와 너무나 밀접한 관계로 살아가게 되었지요.

오로지 의무감 하나로 요리를 하는 제게
요리를 좋아하고 잘하는 남편이 있어서 얼마나 다행인지 모릅니다.

물론 가끔은 요리가 재밌을 때도 있어요~
새로운 레시피에 도전하기도 하고, 가족들이 맛있게 먹으면
보람도 느낀답니다.

그러나 보통 때 요리를 대하는 제 모습은
공부하기 싫은데 억지로 하고 있는 학생과도 같다고나 할까요?

추운 겨울날 늦잠 자고 싶은데,
아침을 차리러 주방으로 내려가야 할 때…
쉬고 싶은 저녁 시간, 밥상을 차리면서
저는 이 말을 떠올립니다.

'인생은 원래 고달프다!'(너무 거창한가요? 〉..〈)

물론 외식하거나 배달 음식을 먹을 때도 있죠~
그러나 매번 사 먹을 수는 없으니까요~ ^^;

어쨌거나 여러분~
엄마가 해 주시는 음식, 늘 맛있게 드시고
엄마에게 감사 표현도
많이 해 주시기를 부탁드립니다~!
ㅎㅎㅎ

163 화

누구?

뚜야?
도리도리
혀니니?
도리도리

지금 말하면
안 혼낼 테니까
사실대로 말해~.
......

넌 줄 알았지~ 정직할 수 있는 기회를 준 거란다~ ^^

고수

진짜 고수

환하게 웃으며 솔직하게 말해서 '혼남'을 피해가는 셋째!
넌 진정한 고수~ ^^;;

변화

육 년 전, 세 살 션이 춤추는 동영상을 보고 있는데….

옛날 사진이나 동영상을 볼 때
늘 자신의 존재 유무를 확인하는 셋째.

혹시라도 '넌 그때 없었다'고 말하면…

그래서 무조건 배 속에 존재했었다고 말해야만 했는데….

동생들 보더니 마음이 한결 여유로워졌나 보다~ ^^

처절한 대가

지난 가을, 친구들이 재밌다고 했던…
너무너무 보고 싶었던 드라마!

애들 재우고 몰래 몰아치기로 볼 생각을 한 엄마!
일찍 애들을 재우고 새벽 내내 연속으로 드라마를 보는데…

화면에 정신이 팔려 그만…

아들의 발차기를 미처 피하지 못하고 다 받아냄….

이와 동시에 휴대폰을 얼굴에, 그것도 정확히 앞니에 떨어뜨리며…

혹독한 대가를 치르고야 말았다는… ㅠ..ㅠ

다음 날 아침

원했던 드라마는 끝까지 다 볼 수 있었지만…

세 배 더 짙어진 다크서클과 남편의 잔소리 그리고
앞니의 고통도 함께 얻었다.
(드라마는 그때그때 보자~ ㅠ..ㅠ)

장점

정신없이 한 주를 살다 보니… 어느덧 마감이 코앞!

잠시 후…

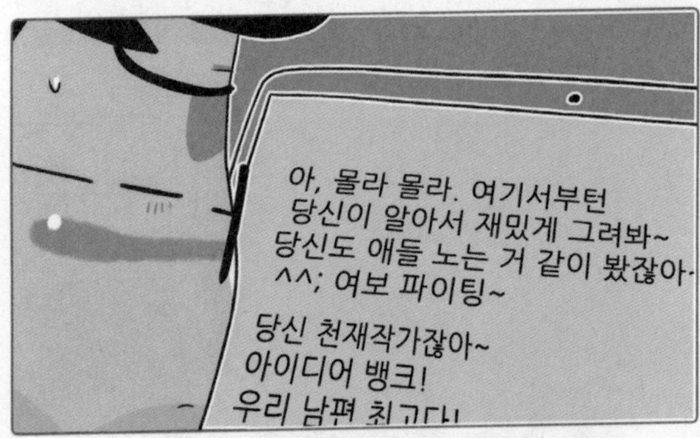

스토리 안 나올 때! 그림 작가에게 떠넘기기!

일을 떠넘길 땐 폭풍 칭찬도 꼭 함께~~!
(온갖 잘난 척도 참고 다~ 들어주기! ㅎㅎㅎ ^^)

섭외

작년 12월
애니메이션 방송 프로그램의 섭외 요청을 받은 인호빵 부부.

'선배 얼굴이나 보고 편하게 얘기 좀 나누다 와야지~'
생각했는데 막상 녹화 날짜가 다가오자 신경 쓰이기 시작!

신혼 때 방송 출연해 보고
꼭 십 년 만에 다시 출연하게 된 인호빵 부부!

색깔 맞춤! 흰 운동화를 한 켤레씩 샀는데~

촬영 당일, 홍대의 한 스튜디오에 도착하니…

신발을 벗으라고 하셨다… ㅠ..ㅠ
속으로 눈물을 흘린 우리 부부….

녹화 때문에 원고 마감을 미리 끝내야 했고…

애들을 맡기기 위해 녹화 하루 전날 장모님 댁으로 이동~!
운전도 피곤했지만 잠자리가 바뀌어서 잠을 설친 남편….

이런저런 피로가 쌓여서
녹화 당일 아침부터 비염 증상이 폭발했다! ㅠ..ㅠ

콧물 훌쩍이는 소리 때문에 편집도 힘들 것 같고
이래저래 녹화가 걱정된 아침… ㅠ..ㅠ

그러나 시간 부족으로 약국에 못 가고 스튜디오에 도착….

스튜디오 안에 들어서니 여러 방송 관계자분들과
반가운 풍이 오빠의 얼굴이 보였다!

그러자…

신기하게도 순식간에 사라진 남편의 콧물!

처음 보는 많은 사람들 앞이라… 체면 차리느라 그랬는지
스스로 정화된 코~! 사라진 비염 증상들~! ㅠ..ㅠ

그리하여 훌쩍거림 없이 무사히 녹화를 마칠 수가 있었고….

그것은 녹화를 떠나서
그날 우리가 이룬 가장 큰 쾌거였다~! ㅠ..ㅠ

게다가 녹화 시작 직전에…

미리 준비한 흰 운동화도 신을 수 있어서
더더욱 기분 좋게 녹화할 수 있었다~~~ ^^

긴장

마지막으로
십 초 영상 편집 갑니다~!
자, 편하게 하세요~.

션… 뚜… 혀니
랄라야… 안녕?

네! 십 초 다
됐습니다~
헉!
애들 이름만
불렀는데….
다시 갈게요~
좀 더 빠르게 말해
주세요~.

십 초를 못 맞추자, 이때부터 긴장한 남편….

남편만 긴장한 건 아니었다….

라고 차분하게 대답하고 싶었는데….

긴장하자, 특유의 빠르고 정신없는 말투로 횡설수설~
해버리고 말았다… ㅠ..ㅠ

게다가…

앞뒤가 안 맞는 말을… ㅠ..ㅠ

그러니까 내가 하고 싶었던 말은…

라고 말하고 싶었던 건데… ㅠ..ㅠ

뜬금없이 총각한테 "좋은 아빠가 되세요~"라니….

어쨌든 재밌는 추억거리가
또 하나 추가된 것은 분명했으니….
만~~~족! 감사! ^^

그런데 방송 날짜를 잘못 알아서
가족 중에 누구도 방송을 보지 못했다는 안타까움이… ㅠ..ㅠ

하루 지나… 다시 보기로 시청할 수밖에~ ^^;

아이들만… ㅎㅎㅎ

녹화 후기

방송용 화장을 받자 기분이 들뜨기 시작~

또 언제 이런 화장을 받아 보나 싶어
셀카도 수없이 찍고~

밤이 되니 어쩐지 아쉽기만 하고~

아유~ 당연히 아니지! 그럼! 아니지! ^^;;

문제는 십 년 만에 바른 마스카라를 지울 때 발생했다!

별 생각 없이 비누로 속눈썹을 부비부비 비비다가…

눈알에 가시 박힌 듯한 고통에 눈도 못 뜨고… ㅠ..ㅠ

그 순간 내 머릿속에 떠오르는 한 남자가 있었으니….

샴푸 구멍이 막힌 것 같자…
속을 들여다본 채로 샴푸를 짰던 바로 그 남자!

비누로 속눈썹 빨래(?)를 한 것은,
그 남자의 바보짓만큼이나 바보짓이었던 것이다!
(부부는 닮는다더니… ㅠ..ㅠ)

그날 밤 눈물로 베갯잇을 적셨다는 슬픈 후기~ ^^;;

아이들 후기

녹화 하루 전날 외할머니 댁에 도착한 사 남매.

된장국에 고기 반찬, 나물 반찬!
한상 차려 주신 외할머니~

다음 날 아침

전날 음식 양을 너무 많이 하셔서
다음 날 아침상에서 그대로 다시 만나야 했다~ ^^;;

방송 녹화를 마치고 돌아오니 랄라 양은 잠이 드셨고…

아이들은 아침과 똑같은 반찬으로 점심을 먹고 있었다~.

저녁이 되고…

그렇게 그날 저녁밥까지
네 끼 연속 같은 밥과 같은 반찬을 먹게 된 우리 가족~ ^^;

할머니~
지금 할머니가 싸 주신
음식 먹고 있어요!
너~무 맛있어요!
^^
뿌듯~

다음 날 아침…

자~ 이제 정말
마지막이다… 이제
이것만 해치우면
진짜 끝이야~!
그냥…
애들 다른 음식
해 줄까?

그리하여 다음 날 아침까지 다섯 끼 연속,
같은 음식을 먹었는데… 신기하게도 질리지가 않았다~!
(음식에 뭘 넣으신 거예요? 엄니? ^^)
아마도
할머니 사랑으로 만든 음식이라 그랬나 보다~ ^^

아니, 장모님 사랑에 목이 메어서… ㅠ..ㅠ

방송 편집이 어떻게 됐을지 궁금했지만…

어쩐지 오글거려서 방송을 볼 수 없었던 인호빵 부부.

하지만 마음 강하게(?) 먹고 한 번 봤더니…

의외로 재밌어서 '다시 보기'를 보고… 또 보고….

그렇게 혼자 무한 플레이~~ ^^;;

크크크…
크크크…

크크크…
크크크…

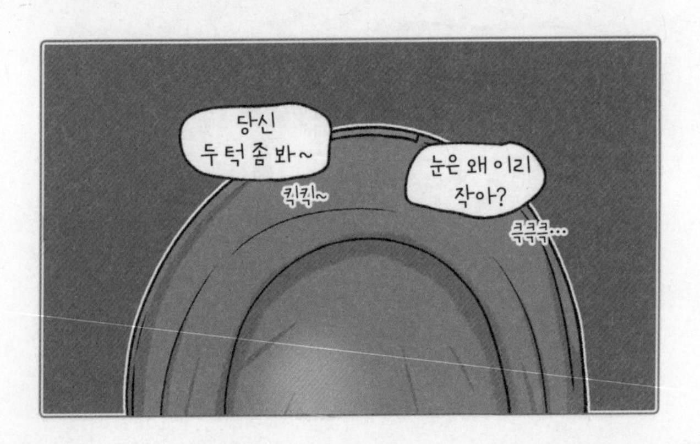
당신
두 턱 좀 봐~
킥킥~
눈은 왜 이리
작아?
크크크…

166 화

충격

아랫니 양치는 순순히 잘 받는 랄라 양~!

그러나 윗니는…

할 때마다 거부하는 랄라 양~ ㅠ..ㅠ

그런데 바로 그때!
엄마의 멘탈이 붕괴되는 일이 발생했으니….

아…
이가 빨리 나오면 삭기나 하지 좋을 것 하나 없다더니….

넷 중 가장 빨리 이가 나온 랄라 양~
충치도 넷 중 제일 먼저 생겼구나… ㅠ..ㅠ

젖 먹다 잠이 들곤 하니…

수유 때문에 이가 더 빨리 상했을 것이다… ㅠ..ㅠ

그리하여… 너무 아쉽고 속상했지만 단유 결심!

그러나 하루가 지나니…

단유로 인한 통증이 어마어마어마~~

낮에는 먹이고 "일단 밤 수유부터 끊자!"로
급 계획 수정!

첫째 날

밤 수유 끊기! 첫날~!

양치 후 이불에 누웠는데…

젖 안 준다고 엄마를 때리고…

떼굴떼굴떼굴~~~ 구르며 난동~
고래고래고래~~~ 울며 난동~

물 먹이고 노래도 불러 주고 안아 주고 하다 보니
지쳤는지 잠이 들긴 했는데….

금방 다시 깨서 엄마를 때리는 랄라 양….

맞는 건 하나도 안 아팠는데…
아기의 손짓에서 엄마에 대한 원망이 느껴져
엄마 마음도 아파지고… ㅠ..ㅠ

그렇게 랄라도 울고~ 엄마도 울고~
한숨도 못 자고 울기만 하다가 첫날 밤이 지나갔다~! 휴우~

밤 수유 끊기! 이틀째!

울고 엄마를 때리고 떼굴떼굴 구르긴 했으나…

첫날보다 훨씬~ 수월하게 잠이 든 따님….
역시 '아이들의 적응 기간은 나흘~일주일!'이라는
지론이 또 통하는 순간~! ^^

몇 번씩 깨서 화를 내긴 했지만
첫날에 비해 빈도수나 파워가 많이 약해진 상태~

나흘째가 되니…

훠~~~얼~~~씬 더 수월하게 잠이 들었고~

일주일 정도 지나니 적응 완료!

엄마도 아기도 푹~~~ 잘 수 있게 되었다!

이렇게 며칠만 고생하면
밤 수유 끊을 수 있다는 걸 알면서도
피곤하고 귀찮다는 이유로…

충치가 생긴 후에야 끊은 게 너무 미안했다…

ㅠ..ㅠ

치과

랄라의 치과 방문 첫날!

입구에서부터 긴장감이 맴도는 그녀~

긴장한 채, 엄마는 땀까지 흘리며 앉아 있는데….

어디서 구리구리한 냄새가…

랄라! 똥으로 시간을 벌어 보려고 한 거니? ^^;;

다행히 충치 치료는 오 분 남짓으로 빨리 끝났다!

그래도 덕분에
밤 수유도 끊고 잠도 푹~ 자게 됐으니
우리 감사하게 생각하자~

그리고
양치도 더더욱 열심히!
알겠지? 랄라!
^^...,,,

167화

뚜 선생 1

한글을 조금씩 익히고 있는 여섯 살 혀니.

반말 쓰다가~ 경어 쓰다가~ 하는 혀니….
배움의 시간만큼은 꼭 경어를 써 주심~!

형아는 동생에게 좋은 선생님이 된다…

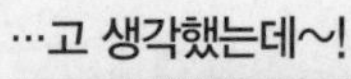

웅얼웅얼~ 이상한 소리를 내고 있는 뚜와 혀니!

아이고~ 뚜 선생님~! 외계어는 안 가르쳐 줘도 됩니다요~
한글이나 잘 가르쳐 주시와요~ ^^;;

아니야~
내가 쓴 게
맞다니까!
아니라고~
잘 봐 봐….

여기 동그라미 위에
모자를 씌워 줘야지 '해'가
되는 거야~ 안 그러면 '애'가
되는 거라고~!
아니야~
아니야~
ㅠ..ㅠ

'애골바가지'냐, '해골바가지'냐~ 그것이 문제로다!

글자를 가르쳐 준 뚜 형아 말을 철석같이 믿고 있던 혀니….
(아아… 외계어까지 가르쳐 주셨던 바로 그분이 아니던가!)

화장실에서 큰일 보던 뚜 선생의 이실직고로 문제는 해결~! ^^;;
(뚜야~ 우리 한글 복습 한 번 하자구나! ㅎㅎㅎ)

소

아는 글자를 발견하며 신나서 읽는 혀니~

아이들은 글자 읽는 방향을 많이 헷갈려 한다~! ^^;

뭐든지 곧잘 따라 하는 랄라 양.

잘 따라 하니 가르쳐 주는 재미를 느끼는 오빠~ ^^

라고 생각한 순간…!!

오빠야~! 그런 건 왜 가르치는 거냐고~ ^^;;

그림 그리거나 춤추고 나면 누가 잘했는지 묻는 아이들~

매사에 의기양양한 혀니~!

촐랑촐랑~ 팔랑팔랑~ 거리며 형님들을 누르고(?)
우리 집 팔랑개비 일인자로 등극한 지 오래인데…

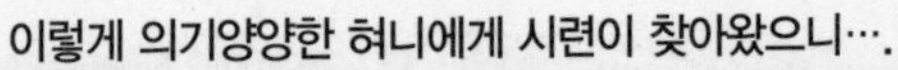
이렇게 의기양양한 혀니에게 시련이 찾아왔으니….

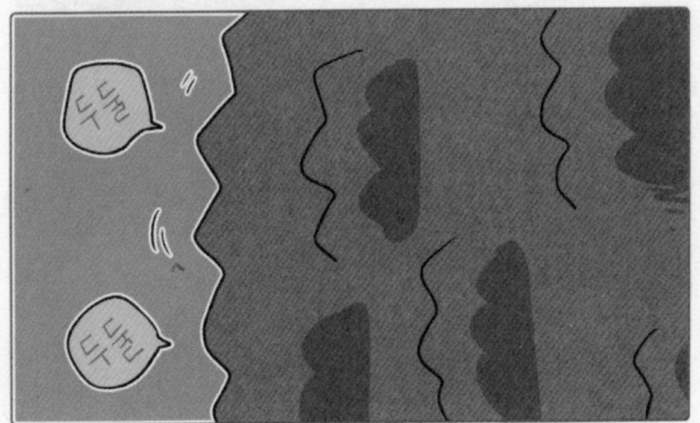

갑작스레 얼굴에만 집중 두드러기가 올라오게 된 것!

사람들의 시선과 가려움 때문에 다소 의기소침해진 듯… ^^;;

빨리 낫고,
다시 의기양양 팔랑개비 모습으로 돌아오길 바라~!

혀니야! 힘내~ ^^

랄라야~
후비후비~
?
후비
후비
흐음~
가르친
보람이
있군!

션!!
후비
후비

여러분들, 한글 배웠던 것이 기억이 나시나요?
저는 초등학교 1학년 때 학교에서 받아쓰기를 잘못해서 혼났던 기억은
있는데 한글을 배웠던 시간은 기억에 없어요… ^^;

한글을 배울 때는 '반복학습' 그리고 '성실함'이 포인트인 것 같아요~!
매일 일정 글자를 꾸준히 반복적으로 노출시켜 주다 보면 몇 달 후엔
한글을 읽을 수 있게 되더라고요.
읽기가 가능해진 후부터는 읽기와 쓰기 역시 반복적으로 꾸준히
하는 게 중요하고요~!

어느덧 막내까지 한글 떼기에 성공해서
지금은 랄라가 그림일기를 쓰고 있으니…
정말 얼마나 뿌듯한지 몰라요~! ㅠ..ㅠ

비단 한글 떼기뿐 아니라, 무엇을 배울 때는
늘 성실하게 반복적으로 훈련하는 게 중요하겠죠?!

무언가를 배우고 계신가요?
그렇다면 오늘도 파이팅입니다!
파이팅~! ^^

때찌

아기가 다쳤을 때…

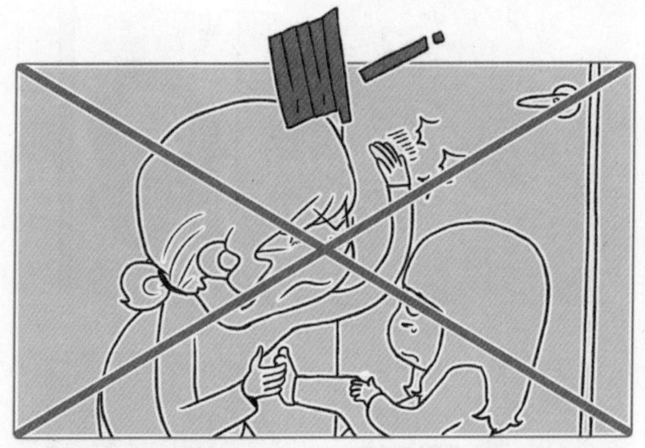

아프게 한 대상을 '때찌' 하는 행동은 좋지 않다고 한다.

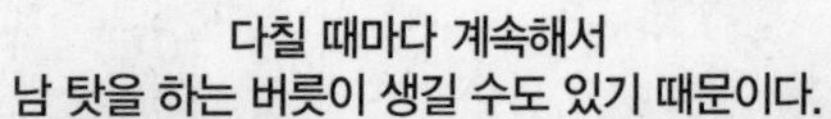

다칠 때마다 계속해서
남 탓을 하는 버릇이 생길 수도 있기 때문이다.

아기가 다치면…

아픈 곳을 확인하고

위로해 주고…
다음부턴 좀 더 주의하기로 한다~! ^^

문득 문득

잠들기 전에도 문득 생각이 나고…

다음 날, 잘 놀다가도 문득 생각이 나고…

한 번 다친 곳의 통증 호소는…

몇 날 며칠이 지나도 계속 된답니다~ ^^;;

샌들 한 켤레가 생겼는데….

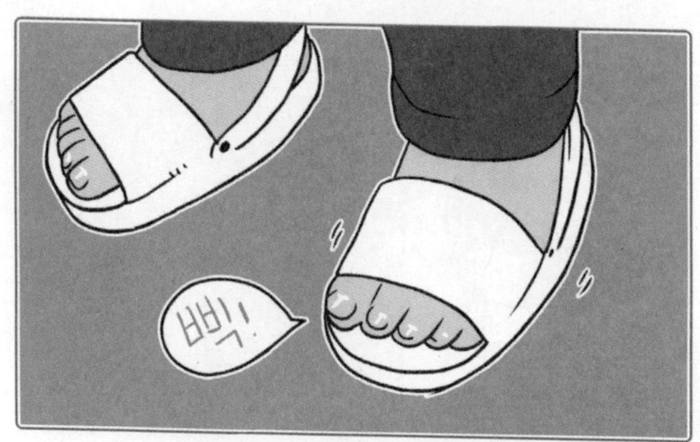

신겨 보니 소리가 나는 샌들이었다!

소리 나는 신발이 신기한 랄라 양~!

랄라의 삑삑 걷는 소리는
주방, 화장실, 거실, 안방 등…

온 집 안에 울려 퍼지며 한참을 끊길 줄 몰랐답니다~

(에너자이* 건전지 광고 찍는 줄 알았네! 우리 딸! ^^;;)

체중

목욕을 하고 나오면…

공주님이 빼먹지 않고 하는 행동이 있었으니~

온몸에 덕지덕지
로션 덩어리지게 대충 바른 후~

한 걸음 옮겨…

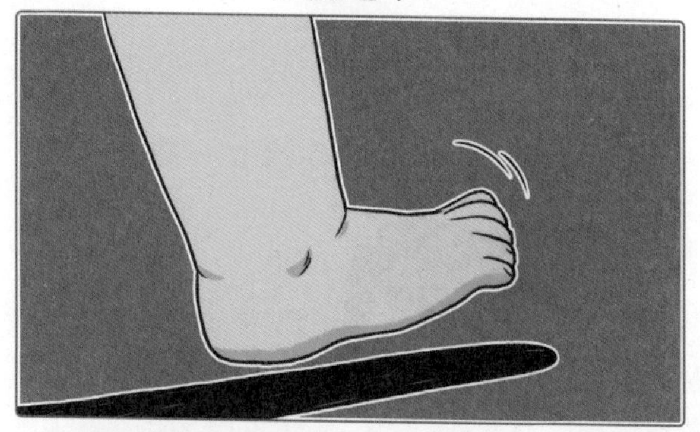

체중 확인

고개 숙여 숫자 확인까지 꼼꼼하게 하신다~ ^^;;
(안 가르쳐 줘도 다 보고 배우는 아이들~)

이다음에 커서 체중계 위에 섰을 때
숫자 보고 놀라는 일은 없길 바라~ ㅎㅎㅎ

3 대 1

나눠서 애들을 돌봐야 하는 상황이 되면…

2 대 2보다는
삼 형제 대 랄라 양으로 나눠서 보는 게 효율적이다.

세 명을 맡는 게 쉬울까? 한 명을 맡는 게 쉬울까?

정답은? 엄마 아빠의 대답 속에… ^^

서로 아들들을 맡겠다고 하는 엄마 아빠… ㅎㅎㅎ

그날은 아빠가 랄라 양을 맡았다~!

잠들면, 상황은 바뀐다.

잠든 따님과 있고만 싶은 엄마 아빠~ ㅎㅎㅎ

보통때는 아이들이 먼저 일어나는데…
가끔은 깨워야 일어날 때가 있다.

넓은 자리 두고 꼭 셋이 구석에 붙어서…

대체 왜 그러고 자고 있는 거야?
물으니…

'의좋은 삼 형제'라고 결론짓기로~ ^^;;

169 화

못 봤냐?

요즘 한 번 말해서는 듣는 법이 없는 혀니….

변명과 핑계는 줄줄줄~

혼나기 싫다는 혀니의 말에…

무심코 명언(?)을 내뱉은 뚜.

우리 뚜… 만화는 열심히 봤구나… ^^;;

이유

얼마 전 두드러기 때문에 음식에 제한을 받았던 혀니~!

며칠 후.

두드러기가 많이 좋아진 혀니~!

마침 삼 형제와 외출한 날
아이스크림 가게가 눈에 들어왔고….

바로…

아이스크림의 비밀은… 단지 그것뿐~ ^^;;
(다음에 엄마가 먹고 싶으면 또 사 줄 거야, 아마~ ㅎㅎㅎ)

확인

아이스크림 사 줄 때마다…

괜히 한 번씩 하는 질문~!

이때마다 삼 형제는 늘 같은 반응을 보이곤 하는데….

항상 제일 먼저 나눠 주는 셋째아들!

양이 좀 적어서 그렇지….

마음은 정말 고맙다! 혀니야~ ^^;

형님들 반응도 늘 한결같은데…

엄마 반응도 늘 똑같다는 사실~ ㅎㅎㅎ

취미활동

한 달에 한 번 과학 잡지에 연재 중인 남편

덕분에 중순에는 마감이 겹쳐서 많이 바쁘게 되는데…

아무리 바빠도
아이들과 놀아 주는 시간은 빼먹지 않겠다는 남편….

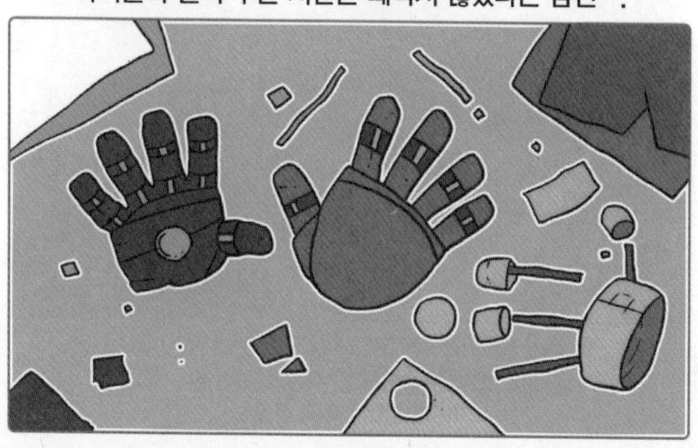

아내는 알고 있다~!

아무리 바빠도 자기가 재밌게 노는 시간만큼은
절대로 빼먹지 않겠다는 뜻이라는 걸~ ^^;
(우리 집엔 아이가 다섯!)

부작용

아빠가 열심히 만들어 준 장난감에는
늘 작은 부작용(?)이 뒤따르는데…

그것은 바로…

아빠의 집착!

다른 거 하며 놀고 있으면…

매의 눈으로 감시당하는 듯한 느낌적인 느낌….

장난감을 만든 종잇조각이 눈에 보이기라도 하면…

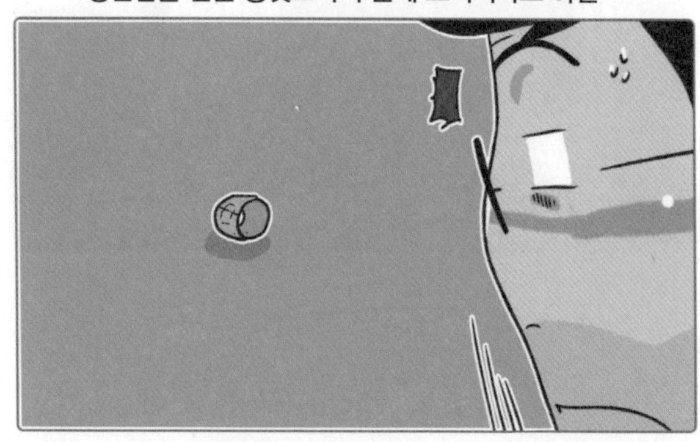

열심히 만든 장난감…
집착도 열심히 털어버리길~~ ^^
ㅎㅎㅎ

요즘 애들이 히어로 캐릭터에
너무 빠져 있는 거 같아.
당신도 그만 부추기고~
좀 자제하면 좋겠어요~!

어… 알았어…
자제할게….

멈출 수 없는 남편의 큰아들 본능… ^^;;

깜짝!

만삭인 형님네~!
출산을 2주 앞두고 우리 집에 놀러 오기로 했는데….

그런데 다음 날 아침, 눈을 떠 보니…

새벽에 진통이 와서 벌써 출산을 끝낸 형님… ^^;

건강한 둘째 출산! 축하해요! 형님~

소식

딸 낳은 분들이 너무 신기한 우리 언니… ^^;

아들 넷 낳은 언니도 대단~ ^^;;

어쨌든! 랄라의 사촌 여동생!

낳아 주셔서 감사합니다~ 형님 ! ^^

방문

출산 휴가를 내고 첫째 아이를 돌보고 계신 아주버니.

쭌이와 함께 우리 집에 방문하셨는데….

떼어 둔 첫째가 생각나서
조리원 가서도 푹 쉬지 못하는 엄마~ ㅠ..ㅠ

한과

한과를 쇼핑백 한가득 담아 가져온 아주버니….

2주는커녕 두 시간도 안 걸린답니다~ ^^;;;

진심 깜짝 놀란 아주버니…
요즘 우리 식구 먹는 양이 많이 늘었거든요~ ^^;
(특히 애들 엄마가… ㅠㅠ)

태오 삼촌은 첫째 아이와 의미 있는 시간을 보내고 계신다.

새삼 아이가 많이 자란 것에 아쉬움이 느껴진다고….

아들 말에… 정말 당황하셨다고… ^^; ㅎㅎㅎ

변화

평소 헤어질 때마다 눈물을 보이던 쭌!

하지만 그날은….

엄마를 보고 가야 한다는 아빠의 말씀에
빛보다 빠른 속도로 "세이 굿바이~" 하고 떠난 쭌!

동생 탄생을 축하해! 쭌! 멋진 오빠가 될 거야~ ^^

아이가 둘 이상 되면…
이름을 부를 때마다 종종 헷갈리곤 하는데….

어느 날 보니…

아이들도 종종 헷갈려 하고 있더라는… ^^;
(그래도 형은 너무한 거 아니냐? 누나도 아니고… ㅎㅎㅎ)

여동생을 기다리며….

저와 형님은 동갑인데 사이가 굉장히 좋습니다.

아주버님이 6년이라는 긴 시간 연애를 하셨고
그 덕에 저와 형님은 결혼 전에 친구처럼 친밀한 시간을
많이 가질 수 있었거든요.

그리고 무엇보다 형님의 넓은 마음과 배려심 덕분에
좋은 관계를 유지하며 지낼 수 있는 것 같아요.

결혼 전부터 션, 뚜를 예뻐해 주셨고
셋째, 넷째까지도 사랑으로 챙겨 주시는 우리 형님…
먹을 게 생기면, 식구 많다고 저희 가족부터 챙겨 주시는 형님…
부모님을 걱정하고 생각하는 마음 또한 크고 섬세한 우리 형님….

이 지면을 빌어, 형님께 사랑과 감사를 표현하고 싶어요~!
형님~! 랄라에게 예쁜 사촌 여동생을 낳아 주셔서 정말 감사해요~ ^^
앞으로도 오래오래, 서로 축복하고 격려하면서
행복한 가족으로 잘 지내길 소망해요~

사랑해요~ 형님!!

171 화

십 원짜리

양치 시간마다 격려가 필요한 따님~!

가까이 있는 아무에게나 응원해 달라고 요청하게 되는데….

박수 쳐 주며 끝날 때까지 응원해 준 혀니~! ^^

용돈 모으는 재미에 빠진 셋째 아드님의 요청….

십 원짜리 여러 개를 가지고 신나서 간 아드님~

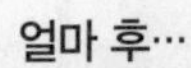
얼마 후…

용돈 많이 받았다고 동네방네 자랑하고 다니다가
십 원짜리에 대한 정보를 입수한 듯~ ^^;

작은 돈이 모여서 큰돈이 되는 거라고 잘 설명해 줬는데….

곰곰이 생각한 혀니… 한참 후~

엄마 말씀보다 동네 형들 말이 더 깊이 각인된 듯… ^^;;;

실은 엄마도 십 원짜리를 많이 무시하고 있었어….

엄마도 다시 십 원짜리부터 소중하게 여길게~ ^^;;

여섯 살 동갑 친구, 율과 혀니!

아침부터 서로 놀고 싶다길래
오후에 만나서 놀기로 약속했다.

오후 4시에 율이가 우리 집으로 오기로 함!

그러나 4시 30분이 지나도 오지 않았는데, 이유는…

아직은 '낮잠'이라는 변수 때문에
약속을 제대로 소화시키기 어려운 여섯 살~! ^^

5시가 좀 지나서
막 잠이 깬 율이가 우리 집에 오긴 했는데….

잠이 덜 깬 율… ^^;

또 하나의 변수!
잠이 덜 깨서 징징~ 짜증 부리게 될 수도 있다는 사실~! ^^

비슷한 처지에 놓인 적이 많은 혀니….
쿨하게 서로 이해해 주는 사이좋은 여섯 살 친구들! ^^

언니?

엄마 아빠 만화를 보고… 한눈에 가족임을 알아보는 랄라 양!

아빠, 엄마, 오빠들도 기가 막히게 알아채는데~
딱 한 명…

뚜를 보면, '언니'라고 하심… ㅠ..ㅠ

오랜만에 책 보고 있는데 뭘 맞춰 보라니….

귀찮기도 하고 대충 선택한 엄마.

맞춘 것 같은데도… 다 틀렸다고만 하는 혀니~!

갑자기 오기가 생긴 엄마~!
기필코 맞추리라! 강한 의지로 카드를 꼼꼼히 살펴보았더니…

별의 개수가 각각 다르고 숫자도 다 다름~!

뭐, 문제 낸 사람이 그렇다면 그런 거겠지만… –_–;;;

이번 건 맞출 거라 확신하며… '어른 카드'를 선택했더니…

순 엉터리…!!

계속 틀리자 시큰둥~해진 엄마… 의욕이 사그라들 때쯤…

딩동댕 소리에 넘치는 기쁨…
ㅠ..ㅠ 이게 뭐라고….

선심 쓰는 게 또 재밌었는지…
그 후로 계속 딩동댕~ ^^;

그렇게 셋째와
카드 가지고 한참을 놀았다~
^^;

나로 우주 해변에서…

옥수수

옥수수를 잘 먹고 있었는데….

갑자기!

옥수수 뜯어 먹다가 아랫니의 흔들거림을 느낀 뚜!

한순간 이가 빠진다는 공포에 사로잡힌 뚜!

이가 더 흔들릴까 봐 옥수수도 포기…

뚜는 무서워서 눈물을 뚝뚝 흘렸지만….

너무 잠잠해서 궁금했던 엄마 아빠에겐 반가운 소식~

그런데…

갑자기 셋째도….

옥수수 국민 개그를 터득한 혀니… ^^;;;
엄마는 순간 너무 놀랐다는… ㅎㅎㅎ

별명

가정 모임에서
자주 만나는 형과 누나들~

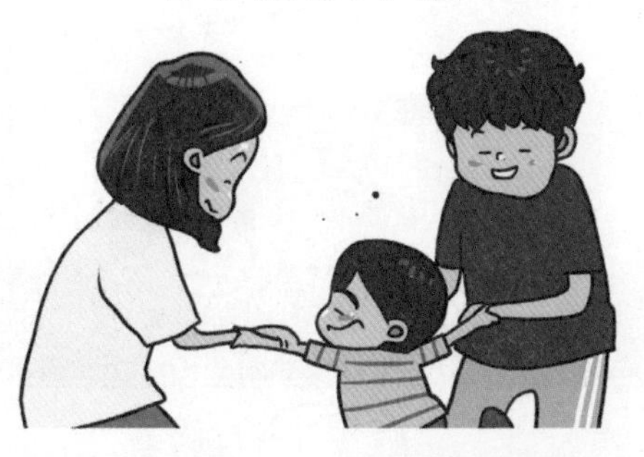

잘 놀아 주고, 이뻐해 주는 큰누나와 큰형이 마냥 좋은 혀니~!

집에 돌아온 후에도 형과 누나들 얘기를 종종 꺼내는데….

잠시 고민한 끝에…

그냥 없던 일로 하자~ ^^;;;

자기의 모습을 동물로 비유할 때가 많은 혀니….

개구리처럼 쭈~욱 뻗은 모습을 못 봐서 아쉽네~ ^^

이유

소리 내어 서럽게 우는 오빠….

이렇게 우는 척 연기를 하는 이유는…?

다른 오빠들이 우는 이유도 단 하나~

물건 되찾기! 오빠들의 노하우~ ^^;

랄라의 울음소리?

오빠들한테 배운 대로… 콜에게… ^^;;

근데 그거 콜 거란다~ ^^;;

슥슥

삭삭

이유

그런 이유가… ^^;;
획이 많은 글자는 아직 어렵고 힘든 여덟 살~

치과

옥수수를 먹다가 아랫니가 흔들린 후부터

치과에 가자는 말만 꺼내면 싫다고 징징거리는 뚜~!

내 몸에서 무언가를 '뽑아낸다'는 건
상상만 해도 너무 무서운 일… ^^;

어쨌든! 이제 막 흔들리기 시작했으니
한참 지나야 뽑히겠거니~ 생각했는데….

징징거리며 치과에 도착~!

처음 이를 뽑는 날이니…

엄청나게 긴장할 만도~ ^^;

하지만…

예상외로 몇 초 만에 간단하게 끝남!

긴 시간 두려움에 덜덜 떨었던 게 무색할 지경~ ^^;

최고!!

자기도 모르게 엄지 척! ^^
앞으로 이가 흔들리면 바로 뽑으러 오겠다며
자신감도 충만! ㅎㅎㅎ

시력

자꾸 멀리 있는 걸 볼 때, 눈을 찌푸리고 보길래

시력이 나빠졌나 싶어 안과에 갔는데….

다행히 션의 시력은 괜찮다~!

하지만 예상치 못한 뚜의 시력 저하 소식에…

속상해진 엄마 ㅠ..ㅠ

그리고 태어나서 처음 시력 검사하는 혀니~!

'새'를 지목했는데 '바나나'라고 하더니…

'비행기'는 '기린'이라 하고…
선생님이 지목한 그림을 다 틀린 혀니… ㅠ..ㅠ

하지만 그림이 아닌 숫자를 가리키자…

아주 작은 숫자도 척척 맞추는 혀니!

알고 보니 우리 집에서 시력이 제일 좋은 혀니!

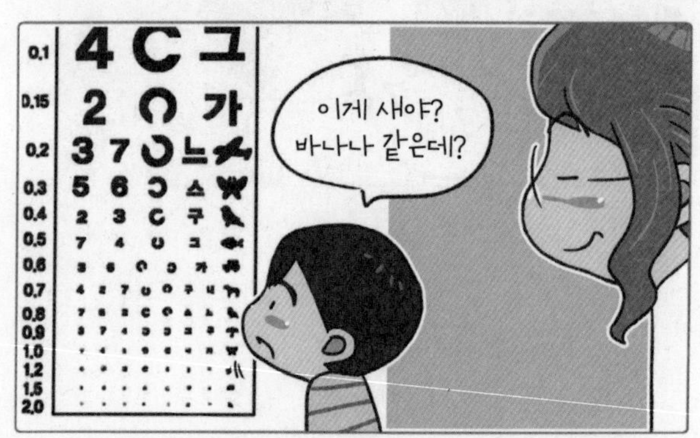

그림 맞추는 게 힘들었던 것일 뿐… ^^;; 다, 다행이다~!

시력 검사할 때…

왜 대답을 안 하나~ 답답해 했던 엄마.

안 보여서 대답을 못했다는 걸 알게 되자
당황스럽고 안타까움….

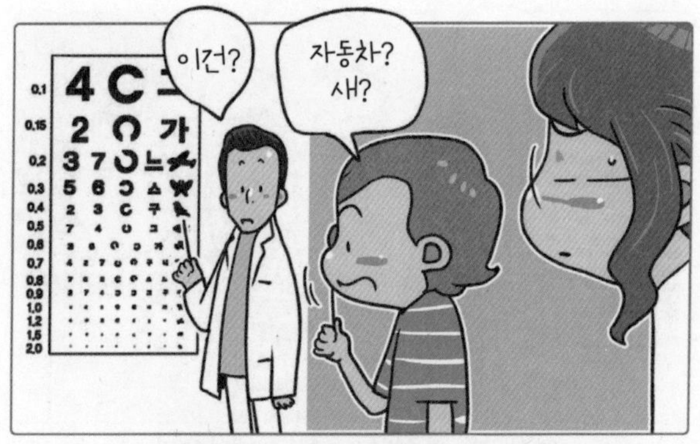

삼 형제 중 유일하게 '비염'이 있는 뚜…
'코가 약하니 눈도 같이 약화되는 건가?' 싶어 더 속상… ㅠ..ㅠ

안경의 불편함은… 최대한 늦게 알았으면~ 하는 마음에

눈에 좋다는 걸 모두 검색해 보던 중에…

그리하여 뚜의 '시력 상승 도전기'가 시작되었다!

당근은 기름에 볶아 먹으면 더 좋다고… ^^

그리고!

미디어 금지~!!

뚜의 '시력 상승 도전기!'

열심히 하고! 몇 달 후 다시 소식 전할게요! ^^

미디어 멀리하기~!
눈동자 굴리기 운동~!
먼 산 보기 등등….

시력 낮은 친구들! 같이 해보아요!
(눈은 소중하니까요~)
파이팅!!

미술놀이도 튼튼이~ ^^
하아… 뒤처리… ㅜㅜ

아니야

요즘 입에 '아니야~'를 달고 사는 랄라 양.

기분 좋을 때는 부드럽~게 "아니야~"

기분이 안 좋을 때는…

열 배속 빠르게~!!

밤에 재우고 슬쩍 방을 나왔는데…

깼는지 큰소리로 울며 "아니야~! 아니야~!" ^^;;

그래, 그래~! 밤에 라면 먹는 거, **아니야~! ^^;;**

간식 달라는데 마침 빵이 한 개 있었고…
네 등분하여 나눠 줬더니 후딱 먹어치운 뚜!

맛있었는지 랄라 빵을 슬쩍 뜯어먹은 뚜….

형이 더 먹고 싶어 하는 것 같자…

자기의 빵을 건넨 혀니!

그러나 잠시 생각에 젖은 듯하더니…

한입을 깨물고 다시 건네는 혀니….

또 곰곰이 생각하더니 한입 깨물고… 또 깨물고…

결국 아주 작은 사이즈의 빵을 건넨 혀니….
쿨하지 못해 미안해~ 형아… ^^;
(그래도 나눠 먹는 모습이 아주 보기 좋았다~)

웃픈 날

모처럼 푹~ 잘 자고 일어난 어느 날 아침!

개운한데도… 이상하게 얼굴은 푸석푸석~

푸석한 모습을 감추기 위해 좀 더 신경 쓰고 외출하기로!

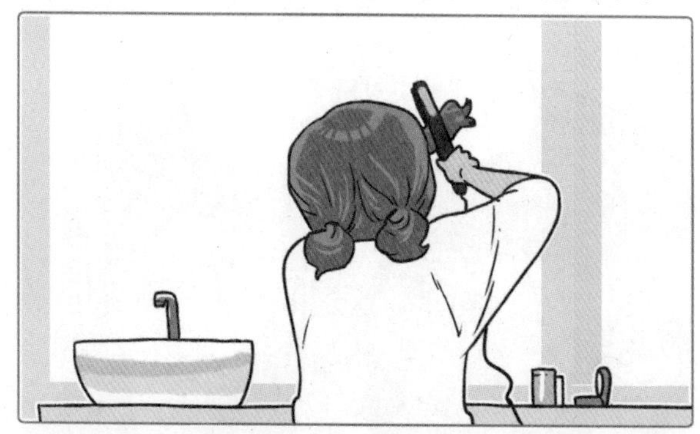

머리도 손보고~! 옷도 산뜻한 컬러로~!
이 정도면 푸석함을 감출 수 있겠지~!

그러나!

만나는 사람들마다 다~ 피곤해 보인다고 하고…

아니라고~ 오늘은 개운한 날이라고 말하려다가…

아, 그건 이십 년 전부터 있었던 거고… ㅠ..ㅠ

그냥 '피곤해 보이는 척' 하기로….

홍길동이 '아버지'를 '아버지'라고 부르지 못하듯…
개운한데 '개운하다'고 말하지 못했던 날….

그날은 한동안 내게 '웃픈 날'로 기억될 듯하다~ ^^;;

외출하면 유모차에서 낮잠을 자게 되는 랄라 양~!

십 분 정도 흔들흔들 해 주면 잠이 들곤 하는데….

이때마다 세젤어(세상에서 제일 어려운) 문제가 발생!

잠든 것 같은데, 자세히 보면
아주 가느다랗게 눈을 뜨고 있는 랄라 양!

눈이 작아서 감은 건지~ 뜬 건지~ 정말 헷갈리는 랄라 양~!
엄마 아빠에겐 '세젤어 문제'라는!! ^^;;

한동안 용돈 모으는 데 혈안이 되어 있던 혀니….

동전도 차곡차곡 모으며
두툼한 지갑을 보고 뿌듯해 했었는데….

그러던 어느 날…

하긴~ 정말 그랬다!
하루에도 몇 번씩 지갑을 찾아다녔던 혀니….

얼마 전에는 한 달 동안이나 분실했다가
극적으로 되찾기도 했었고~

그 후, 지갑 관리가 힘들게 느껴졌나?

이틀 후 지갑을 되찾긴 했으나…
변심하여 엄마에게 안 주겠다고….

요즘 쿨하지 못해 미안한 혀니~
ㅎㅎㅎ

그녀는…

잠이 들었을까요? ^^

진실

밥통이 빈 것을 확인하고 급히 밥을 하려 쌀을 푸다가…

그만 실수를…! ㅠ..ㅠ

근데 하필 그때 거실로 나온 남편

쌀 쏟아서 거실 어지럽히는 것!
이것은 남편이 가장 싫어하는 것 중 하나! ㅠ.ㅠ

남편의 날카로운 반응에
나도 모르게….

다행히 기분 좋게(?) 쌀을 치우기 시작한 남편….

만약에 내가 그랬다고 말했다면?

라고 잔소리를 퍼부었을지도…
잔소리 듣고 기분 나빠져서 나도 더 크게 화냈을지도….
그렇게 서로 기분만 상했을지도…

그러니 차라리 랄라 핑계가 나을지도 모른다!

하지만 정직하지 못했던 것에 마음이 불편… ㅠ..ㅠ

시간이 지날수록 진실을 말하기는 더 힘들어지고…

바로 그때! 떠오른 묘안이 하나 있었으니!

이렇게…

〈패밀리 사이즈〉 에피소드로 자연스럽게 풀면 되는 것!

아~! 이렇게 사실을 고백할 수도 있고…!
일상툰 연재하길 참 잘했구나! ^^

너무 쉬운 질문이라 함정이 있을 것 같긴 했지만…

이렇게 감동적인 함정일 줄이야… ^^

또 이어지는 같은 질문…

잠시 고민하긴 했지만… 이제 알고 있으니 기분 좋게….

감동도 주고~ 놀림도 주고~! 요 귀여운 녀석들~! ^^;

외출

집에서 매일 작업하다 보니
외출의 달콤함을 느끼고 싶을 때가 많은데…

외출할 핑계가 사라졌다… ㅠ..ㅠ

외출도 타이밍… ^^

아빠 사랑

거실 바닥에 누워 깜빡~ 잠이 든 아빠….

옷걸이가 흔들리는 걸 보고 깜짝 놀란 엄마….

그 모습을 본 형님들도…

아빠 사랑을 실천…!

그러자 누더기가 된 아빠…
괜스레 짠~해 보였네~ ^^;;

더… 짠해진 아빠… ^^;;

176 화

속셈

계단 앞에서 갑자기 평소 안 하던 행동을 하는 션~!

누군가를 낚으려는 듯 뭔가 다른 속셈이 있어 보였는데….

곧바로 걸려든 뚜!

안 된다는 엄마의 말은 이미 들리지도 않는 듯….

뚜가 자세를 잡기도 전에 냉큼 달릴 준비를 한 션!

뚜의 얼굴을 향해 엄청난 가스를 내뿜은 션….

방귀 발사하려는 속셈이었던 것~ ^^;

첨엔, 그냥 뿡~ 뀌면서 반동으로 날 듯이 뛰어올라
웃음을 선사하려고 했었다고….
(괜히 다가가서 낭패를 본 뚜… ㅋㅋㅋ)

힘 빼

허니의 양치 마무리는 늘 엄마가 해 주는데….

해 주다 보면 점점 작아지는 입….

입에 힘 빼라니까…

온몸에 힘을 뺀 허니….
다리 힘까지 풀려서 쓰러질 뻔했다는~ ^^;;

갑자기 눈을 비비며 다가온 혀니~!

눈동자에 속눈썹 한 개가 들어가 있었다!

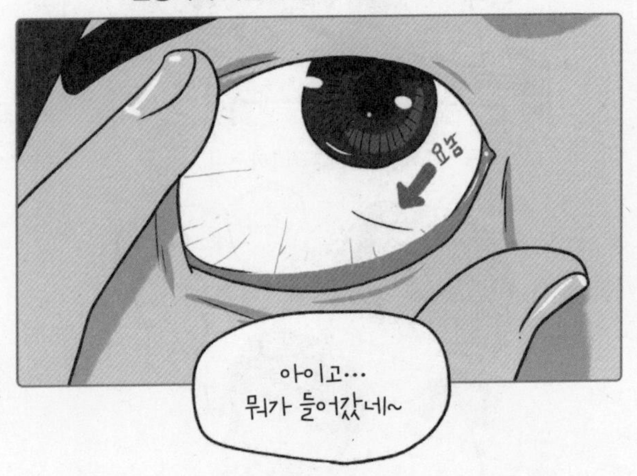

울어 보라고 해도 계속 눈물 안 난다고만 하는 혀니….

울어 보라고 해도 계속 못한다고만 하는 혀니….

개미 다리라는 말 한마디에
펑펑 눈물을 쏟기 시작한 혀니~ ^^;;

금세 빠진 속눈썹!
'아, 개미 다리인 줄 알았는데… 그냥 속눈썹이네~'
엄마의 한마디 말에 씨익~ 웃는 단순한(?) 아들!
(거짓말해서 미안~~ ^^;;)

소오름

선 뚜와 치과에 간 어느 날~!

치과에 작은 놀이방이 하나 있는데…
아이들은 그 방에서 책을 보거나 놀면서 순서를 기다리곤 한다.

흔들리는 아랫니 한 개를 더 빼고 먼저 밖으로 나온 뚜~!

놀이방에서 형을 기다렸는데….

그때 지인의 연락을 받고 잠시 통화 삼매경에 빠진 엄마!

전화를 끊고 자리로 왔더니 뚜가 다가왔다.

엄마 말에 깜짝 놀라는 뚜!

계속 놀라는 뚜의 모습이 재밌어서 웃음이 피식~

무엇 때문인지 너무 놀라는 뚜!

뚜가 손가락으로 가리킨 곳을 쳐다봤더니…

앉아서 책 보고 있는 어떤 아이의 뒷모습….

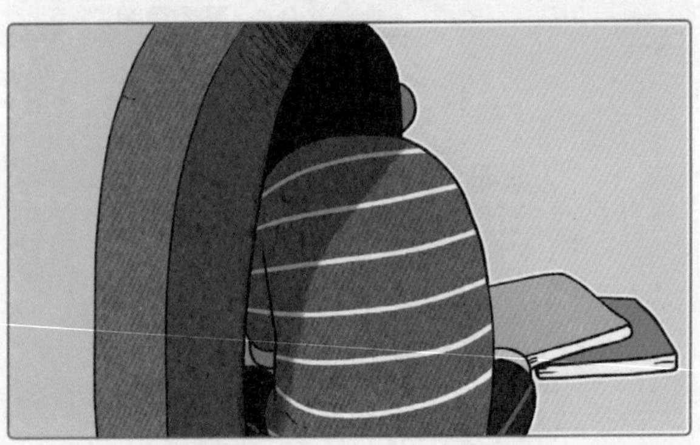

자세히 보니 완전 션이랑 똑같은 모습!

덩달아 깜짝 놀란 엄마!!!!

알고 보니 전화 통화할 때 진료 마치고 나왔던 션… ^^;;

형이 나왔으면 나왔다고 말을 하면 되지… ㅡ_ㅡ;;

괜히 둘 다 엄청 놀랐다는… ㅎㅎㅎㅎ

걷기에서 뛰기로 넘어간 그녀~!

팔을 얼마나 열심히 흔드는지…

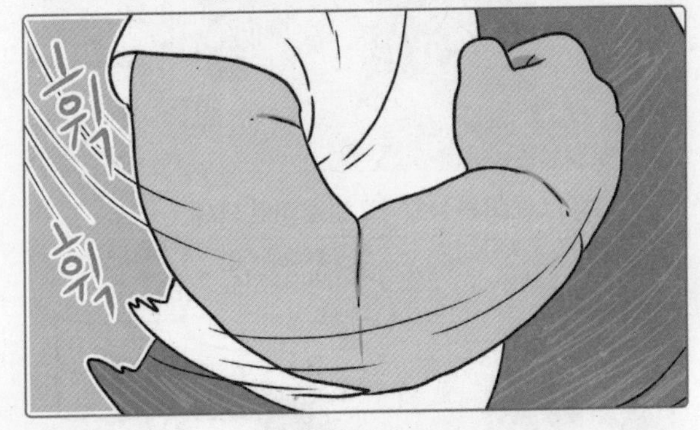

다리보다 두세 배 빨리 흔들며 뛰신답니다~ ^^

아… 이건 직접 보셔야 되는데…!! 〉..〈

뛰다 힘이 들면…

잠깐 쉬어 가….

생일 선물

뚜의 생일 전날 밤, 아이들을 모두 재운 후…

뚜의 생일 선물을 준비하는 엄마, 아빠~!

각자 준비하고… 포장은 같이~!

짠! 엄마 아빠가 준비한 뚜의 생일 선물 완성!

앗! 그러고 보니 선물도 글, 그림 따로~!

누가 콤비 아니랄까 봐~ ㅎㅎㅎ
(뭐 이런 것까지 따로 따로 하냐~ ^^;;)

생일날

드디어 다가온 뚜의 생일~!

아침 일찍 번쩍! 눈을 뜬 뚜!

일어나자마자 온 집 안을 누비며…

자고 있는 모든 식구를 깨우며…

자신의 탄생일을 알리는 뚜~!

새벽 5시 반이었다… ㅠ..ㅠ

밤늦게까지 원고를 하다가 잠든 아빠는 다시 잠이 드셨다.

아빠가 일어나시기만 기다리는 뚜~!

2시간 후… 후다닥! 아빠 방으로 가서 확인~!

너무 곤히 주무시고 계신 아빠….

30분마다 계속 확인….

나들이 할 생각에 모두들 들떠 아빠를 기다리는데….

좀처럼 일어나지 못하시는 아빠….

그렇게 10시가 넘을 때까지 아빠의 기상을 수차례 확인한 뚜!

그리고 드디어! 10시 10분경!
터져나온 뚜의 환호성!

거의 5시간 동안 아빠의 기상만을 기다린 뚜! 대단하다~!

늦게 일어난 게 미안해서, 눈 뜨자마자 선물 증정식을… ^^;;;

끼어들기

다른 사람 대화 중에 자기 이름이 나오면
무조건 끼어드는 랄라 양~!

엄마 친구네 놀러 갔을 때도…

집에 돌아와서도…

수화기 너머 들리는 소리에도…

"아니야~!" 하며 끼어드는 랄라 양~!

"네~!"를 좀 가르쳐 줘야겠다… ^^;;;

생일!
일 년에 한 번, 원하는 선물을 받을 수 있는 날!
생각만 해도 신나죠?

저희 가족은 생일날,
편지를 써 주는 것으로 축하 마음을 나누고 있어요~
직접 만든 편지만큼 감동스러운 선물은 없는 것 같아서요…

아이들은 언젠가부터, 생일이 되면
갖고 싶었던 선물과 편지를 받고, 외식을 하고, 마지막으로
Vod 영화 한 편을 보는 패턴을 이어가고 있어요~ ^^

봤던 영화를 또 봐도 좋은가 봐요~
이렇게 늘 똑같은 패턴으로 생일날을 보내면서도
아이들은 전날 밤 생일날 해야 할 새로운 계획을 세우곤 한답니다.

반면, 엄마 아빠 생일은 마감에 쫓기고 일상에 치여
간단히 케이크 놓고 편지 받고, 축하 노래만 하고 지나갈 때가 많아요~
그럴 때면 아이들이 더 아쉬워한답니다.

엄마, 아빠의 생일날! 선물을 준비 못한 아이들이 미안해 할 때면,
엄마, 아빠는 이렇게 말하죠~!
"엄마, 아빠에게는 너희들이 가장 큰 선물이야~!"
^^

우리 모두, 서로에게 선물이 되기를…!

이모네서

평온한 어느 토요일 아침

조카들을 부탁받고 아침 일찍
사 남매와 함께 이모 집으로 고고~!

삼십 분을 달려 이모 집에 도착!

이모가 만들어 둔 찌개로 팔 남매 아침식사 준비 완료~!

맛있게 밥 먹고 과일도 냠냠냠~!

아침부터 뭉쳐서 신이 난 아이들….

기분 좋게 먹고 놀던 중에 엄마를 빤~히 쳐다보는 뚜!

아…!

주인 없는 집에서 주인 행세를 하는 엄마가 걱정스러웠던 뚜….
(푸~하하하… 진지한 뚜의 표정 때문에 웃음을 뿜어냈다는…)
^^…
,,,

이모 허락받은 거야~! 걱정 말라구~ 뚜!
^^

팔 남매 돌보기 미션을 마치고
오후 늦게 집을 향해 출발했는데…

갑자기 혼자만의 저녁 시간을 갖게 된 김 작가…!

자유를 만끽하며 혼농(혼자 농구) 시작 십 분이 지났을 즈음…

굴러가는 공을 주우러 뛰어갔는데….

그 순간!

빠낙!

누군가가 발목 뒤를 가격한 느낌을 받고
그대로 넘어졌다고…!

그러나 돌아보니 아무도 없었고….

다시 일어서려고 하는 순간…

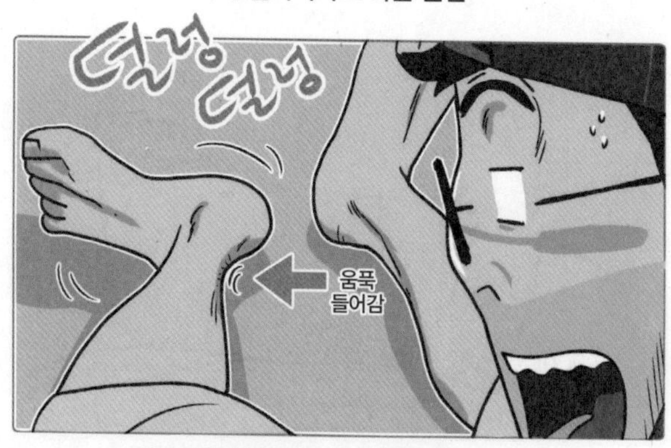

이상해진 왼쪽 발목 뒷부분을 발견! ㅠ..ㅠ

애들 보느라 수고했다고… 언니가 사 준 맛있는 저녁을
먹고 있다가 남편의 전화를 받은 남 작가!

남편의 발목에 문제가 생겼음을 듣고,
삼 형제는 이모 집에 맡기고 랄라만 데리고
이틀간 응급실을 전전한 우리 부부는,
일요일 오후에 드디어 입원을 할 수가 있었다.

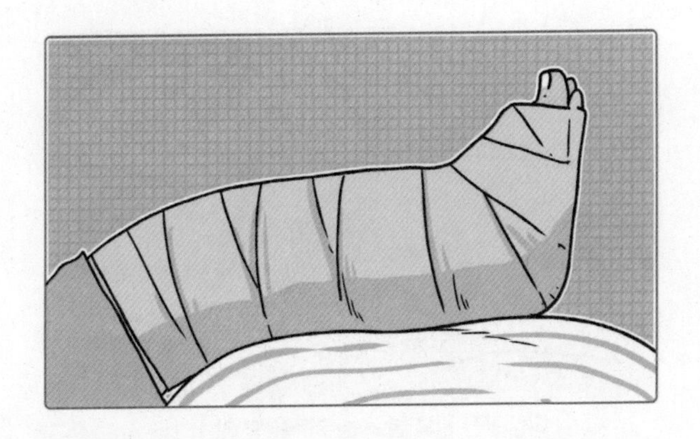

검색해 보니, 아킬레스건 파열은
완치까지 약 일 년 정도의 긴 시간이 걸린다고….

수술 후 3개월부터 걸을 수 있고…
6개월 후부터 운동할 수 있다고….
하아~ 앞으로 갈 길이 멀어 보인다! ㅠ..ㅠ

MRI 검사 결과! 아킬레스건 완파!

입원한 다음 날! 태어나 처음으로 큰(?) 수술을 받은 남편….

다행히 수술은 잘됐고~!
수술 후부터 남편의 엄청난 엄살이 시작되었다~! ^^;;

입원한 날부터 며칠 동안 폭우가 쏟아졌고…

랄라 데리고 응급실 대기하면서부터 이미 바닥났던 체력!
입원 후 더더욱 빠르게 고갈되어 가는 체력 때문인지…

마음에도 주룩주룩 비가 내리는 듯… ㅠ..ㅠ

그러나 아이들은…

이모 집에서 나흘간 지내며
그렇게 재밌고 즐거울 수가 없었다고….
(불행 중 다행~ ^^;;;)

이제 시작!

수술 다음 날, 전날보다 한결 좋아진 컨디션!

1호 변신!!

2호 변신!!

3, 4호도 변신!!

변신 사 남매! 아빠의 손발이 되어 다오~!!

올 여름, 아주 많이 덥고 힘들 것 같지만…
가족의 사랑으로 힘을 내 잘 보내도록 할게요~!

긴 휴재 기간 기다려 주시고 응원해 주셔서 감사합니다~!
알럽 쏘 머치!!! ㅠ..ㅠ

파이팅~!! ^^

제목: 아빠 아포…

그림/ 션

179 화

기억

휴재 기간이 끝나갈 무렵…
그동안의 에피소드를 정리하려고 노트북을 켰다.

그런데!

빨리 애들 찾으러 가야 되는데
폭우 속에서 두 번이나 차가 방전돼 애먹었던 기억부터…

아침 저녁으로 병실에 가랴~ 밀리고 쌓인 집안일 하랴~
애들 챙기랴~ 정신없던 기억까지….

'너무 힘들었다'는 것 외에는 더 이상 쓸 내용이 떠오르지 않아
그냥 노트북을 덮을 수밖에 없었다는… ^^;;

소중함

우리 집엔 요정이 한 명 있었습니다.

그 요정은 코카 커서 '큰 코의 요정'이라 불리었죠….

큰 코의 요정은 잠이 많아서

매일 아침 저보다 세 시간쯤 늦게 일어났지만…

아이들 아침밥 먹이고 설거지한 뒤 잠시 앉아 쉬고 있을 때면

제게 커피도 타 주고…

커피 마시는 동안 빨래도 널어 주었죠.

유모차로 막내를 재우고
아기가 자는 동안 원고를 쓰고 집에 돌아오면

집청소도 깨끗이 해 놓던 정말 착한 요정이었답니다~!

쓰레기 분리수거도 잘하고
무거운 짐도 척! 척! 들어 주는 참 좋은 요정이었는데…

큰 코의 요정…
그의 소중함을 절실히 깨닫고 있는 요즘입니다… ^^

걱정

지인들을 만나면 꼭 듣게 되는 아빠의 안부….

아빠가 아픈 줄 잘 아는 따님….

표정을 보면 걱정도 엄청 많이 하고 있는 듯합니다~ ^^

아빠 입원하고 수술하는 며칠 동안
집을 비웠다가 나흘 만에 돌아왔더니….

덥고 습한 날씨 탓에 곰팡이가… ㅠ..ㅠ
(랄라가 남긴 음식에만 곰팡이가 생겼던 건데…
이렇게 많이 그리다니! 남편! –_–;;;)

반갑지 않은 곰팡이였지만 나름 학습 효과(?)
본 것으로 위안 삼고 피곤하지만 집 정리 시작~!

그때 문득…
이렇게 피곤할 때면, 대신 설거지해 주던 남편이 떠오르고….

집에 남편이 없으니 너무 허전하고 쓸쓸했다… ㅠ..ㅠ
(곰팡이가 생겨서 더 쓸쓸했던 건가? ^^;;)

전화

병원에서의 마지막 밤… 남편이 전화를 걸었다.

보통 이 시간엔 전화를 걸지 않았는데….

애들 챙겨야 되는데… 이런저런 이야기를 쏟아내는 남편….

도대체 왜 전화를 건 것일까? 의구심이 생길 무렵….

마음이야~ 컵라면뿐 아니라 맛있는 거 잔뜩 사서 한걸음에 달려가고 싶었지만… 애들 줄줄이 데리고 움직이는 게 쉽지 않았다. (잠잘 준비도 마쳤고! ㅠ..ㅠ)

다음 날! 드디어 퇴원하는 날! 아침 일찍 병실에 갔다.

바로 그때! 찌그러진 물병 발견!

알고 보니 어젯밤! 컵라면의 유혹을 끝내 못 이기고
혼자 휠체어 끌고 1층 편의점까지 다녀오셨다는 남편!

급수실에서 뜨거운 물을 받다가 물병이 찌그러졌던 것~! ^^;
어쨌든 소원대로 컵라면 맛있게도 냠냠 하셨다고….

아무리 아프고 힘들어도… 기어이 해내게 하는 식욕의 힘!
대단하다~ ㅎㅎㅎㅎ

아빠 빠이 아포~

축하합니다!
패밀리 사이즈
나도 좀 보여줘
이두호